이름 없는 사랑

이름 없는 사랑

송양의 시집

월파출판

시인의 말

나는 왜? 이름 없는 사랑을 주제로 시를 쓰는 것일까
사랑에 대한 사랑 詩는 넘쳐나는데 써야 했다
사랑에 미숙한 나와 화해하는 방법이라고 생각했다
방황하고 찾은 나만의 길이다
시를 쓰면서 사랑을 읽었다
시를 쓰면서 사랑을 품었다
시 쓰기라는 혼자 하는 외로운 행위를 하였다
이제 아파하며 걷지 않을 수 있다
쓴다는 것은 상처를 위로하는 일이다
마음이 잘 있는지 두드려본다

2020년 1월 1일
월파 송양의

차례

Chapter. 1

이별도 아프고 사랑도 아름답다

Chapter. 2

사랑의 손

Chapter. 3

그렇게 사랑하고 싶다

Chapter. 4

붙들지 못하는 사랑

Chapter. 5

내 사랑이여

이름 없는 사랑이 저만큼에서 나를 알아보고 있어요
애절함이 나를 관통하는 것을 물끄러미 바라보고 있어요
어느 곳에도 등록되지 않은 사랑의 이름입니다

Chapter. 1

|

이별도 아프고
사랑도 아름답다

이름 없는 사랑

이름 없는 사랑 오래되었지요
무엇인가가 갈라놓으리라는 것을 당신의 입술이 숨겼지요
음악이 멈추고 내 그림자는 어둠 속에 묻혔어요
당신의 입술이 닫히고 내 안에 스며들어오는 것은 잃어갔지요
바람이 앓는 소리 내며 지나가는 것을 들어야 했지요
슬픔이 만들어지고 있는 것도 모르고 꿈을 꾸었어요
포옹은 안다고 말 한만큼 알지 못하고 말았어요
벌써 또 하루의 끝에 서서 나 자신을 잊지 못하고 있으니까요
기억이 반추하는 것을 사라지게 할 줄 몰라서일까요
밤은 무겁고 불면은 절정에 이른듯해요

내 사랑은 이름을 갖지 못합니다.
시간 밖으로 탈출하면 사랑의 이름을 찾을 수 있을까요
미궁 같은 길을 따라 사랑했으니 장소를 찾지 못하는 걸까요

이름 없는 사랑이 저만큼에서 나를 알아보고 있어요
애절함이 나를 관통하는 것을 물끄러미 바라보고 있어요
어느 곳에도 등록되지 않은 사랑의 이름입니다
다음 생에는 슬픔이 정착하기 전에 사랑의 이름 먼저 지어야겠어요

초대받지 않은 사랑

그보다 그의 비밀을 더 사랑했다
나를 안아 그의 이름이 되고 싶었다
죽어서 되돌아올지라도 떠나야 했다
오랫동안 태어나서 잊을 수 없는 사람이고 싶었다
만질 수 없는 것을 만진다
남몰래 밀회는 슬프다
바람처럼 사랑하지도 바람처럼 헤어지지도 못한다
잃은 눈물이 시린 가슴을 파고든다
서로에게 길들여서는 안 되는 사랑이다
간절히 외면하며 기다린다
단 한 번만 그의 몸에 꽃을 피우고 싶어 한다
서로 다른 생을 나눈 사람들은 초대받지 못함을 안다
그와는 죽어서야 사랑을 맺을 것인가 의문 한다
진심은 진리보다 더 위험할지 모른다고 생각한다
그도 가지 못한 초대받지 않은 사랑으로 들어간다

사랑의 공식

사랑하지 않기 때문에 아픈 것이다
서로 불꽃이 튄다면 기뻐할 수밖에 없다
지금 사랑하는가 사랑을 받고 있는가
해답은 슬픔과 즐거움의 선택
떨어지는 해가 공중에 잠시 멈추었다
지금 의심하는가 믿는가
사랑은 그가 없는 곳에서 불러도 괜찮은 것이다
눈과 입을 파묻고 동면할 수는 없다
그곳에 아무것도 없다 해도 사랑한다면 혼자서 갈 수 있어야 한다
망설임도 두려움도 없이 걸어갈 수 있어야 한다
아픈 세상을 데리고 온 것은 사랑 아니다
버려진 슬픔으로 산다는 것도 사랑 아니다
나의 피는 나의 덫이며 어디에도 갈 수 없다
소심하면 침묵하는 무기를 사용할 줄 모른다
슬프다고 눈물에 들키면 외로워진다
먼지 속으로 달아나고 싶어도 고독은 사라지지 않는다
어차피 자신의 가슴 밖으로 나가지 못한다
수시로 발을 헛디디는 것 사랑이라고 착각해서이다
견딜 수 없는 사랑 비가 온다, 눈꺼풀이 떨린다

이 가을에

이 가을에 사랑하고 있다니 낙엽이 슬프네요
함께 입술을 움직일 수 없는데
지구는 돌아오지 못해도 당신을 기다립니다
이 가을에 기다리고 있다니 물 밖으로 나온 물고기 되었네요
반쪽으로는 태연할 수 없는데
지구 가장자리에서 혼자 고독한 것인가요
이 가을에 하늘은 푸르고 변한다는 것을 믿지 못하네요
꿈속에서나 입술을 비벼줄 수 있는데
지구는 아름답다 해도 사랑을 놓친 이 가을이 타들어 가네요

그를 만난 날

순서를 잃은 서투른 심장
그 사람 앞에서 떨 뿐
아무것도 하지 못 한다
망설임에 자리를 내어주고
설렘을 포장하려
꺼낼 수 있는 표정을 찾는다
그리워했던 손이 사라졌다
가릴 수 없는 눈빛이 멈춘다
다시 일렁이기 시작한다

은빛 물결

당신의 심장은 나와 같을 것이다
꺼내보지 않아도
당신을 잊으면 나도 잊힐 것
내가 당신을 앓는 것은 고통받고 싶은 것
몸이 아프면 정신은 간직할 수 있을 것 같아서
당신을 훔쳐 잠들 수 있을 것 같아서
당신을 듣는다
노래할 수는 없어도
은빛 물결이다
치사랑에 조금 모자란 음악이다
노래가 탄다
미치도록 선율은 끊지 않는다

석양에 간다

상처마다 열이 내리지 않는다
새살이 돋지 않는 몸을 이끌고 간다
마음으로 가릴 수 없는 난처한 몸이다
내가 없으니 당신의 표정은 발각될 수 없다
당신 곁에 내가 있음을 나만 안다
욕망할 수밖에 없는 나의 사랑은 나도 두렵다
내가 나를 이해할 수 없는데 하물며 당신이야
나는 나를 당신은 당신을 버리지 못한다
사랑을 지우지 못하고 마음을 잃은 탑을 쌓는다
침묵의 저녁을 맞으며 패배자로 간다
사랑을 기록하지도 기억해서도 안 됨을 안다
실패한 혁명은 전설로 될 뿐이다
사랑을 고백할 새로운 언어를 만들 때까지는
불씨가 다시 타오르기를 갈망한다
석양은 지면서 고요히 무르익어 가는데
붉게 물들인 언덕을 홀로 떠나야 한다
이름이 있는데 부르지 못하고 간다

삶과 사랑

삶은 거듭 실수해도 용서할 수 있다
잃어버린 사랑은 다음이 없다
나를 빼앗겼기 때문이다
인연이 아니라면 한때의 바람이고 흘러간다
풀잎처럼 바람 부는 방향으로 누워야 산다
초라함은 직업이 죄인이라고 느끼기 때문이다
무생물은 죽지 않는다
사랑 그 후에 괴물이 자신일 수도 있음을 본다

삶은 쓰러져도 일어설 수 있다
없어진 사랑은 역사를 기록할 수 없다
침묵해야만 하기 때문이다
파도는 아픔을 남기고 부서진다
삶을 분실해도 되찾으려 해야 산다
아무도 모르는 아름다움은 참담하기 때문이다
무생물은 부화하지 않는다
시야가 흐려지고 인생의 저녁에서 사랑의 절벽을 본다

너

너의 눈 속에 내 눈동자가 있다
남들은 사랑이라고 말하지만
너를 보고 행복할 뿐
내 눈 속에 너의 눈동자가 있는지는 모른다
소유하여 끼를 부리고 싶지만
포기함을 아는 것도 사랑임을 알게 된다
너의 행복한 모습을 보고 미소 머금을 뿐
나처럼 너의 심장도 뛸까 생각해 본다
어떤 것으로 향하든 멈추지 않을 사랑
네가 거기에 있으면 족하다
너는 한 편의 시가 되니까
사람들은 내 속이 어떤지 관심 없지만
너에게만은 보여주고 싶다

사랑이 있는 인생을 원한다면 미치지 않으면 안 된다기에

너를 위해 나를 불사르고 싶다

너를 위해 나를 태우기 원한다

이루어질 수 없는 사람이여!

사랑한다, 보고 싶다 불러보지만
만나서는 안 될 사람이여!
흔적이라도 느끼고 싶어 맴돌다 돌아오지만
이루어질 수 없는 사랑이여!
서로가 그리워서 약속 아닌 약속을 각자 하고
각자의 시간에는 제 홀로 걸어야 하는
혼자일 때는 숨죽이며 울어야하는 사람이여!
잊어야 할 사람이여!
서로 사랑하면서도 싫다고 말해야하는
이 슬픔을 어찌하랴?
하나가 되고 싶은 꿈만 꾸어야 하는 사람이여!
이루어질 수 없는 사랑이여
이루어질 수 없는 사람이여!
미소 하나만으로 희망이었지만
말 한마디마다 빛나는 햇살이었고 등불이었지만
삶을 빛나게 하는 보석은 놓아야하는 사람이여!
정복할 수 없는 것은 나 자신이었지만
희망도 기적도 기댈 수 없는 사랑이여!
많은 시간이 사랑이고 행복이었지만
쌓아온 사랑의 짐을 태워야만 하는 사람이여!

혼자만의 가슴 아픈 절규라면 어쩔 수 없겠다지만
하나의 사람이 되겠다는 마음마저 받아서는 안 되는 사랑이여!
보고 싶다는 간절한 말은 사치가 되는 사랑이여! 내 사랑이여!
이루어질 수 없는 사람이여!
이루어질 수 없는 사랑이여!

이별도 아프고 사랑도 아름답다

권태롭던 흐린 날 사랑에 빠졌다
제정신이었다면 감동이 없었을 것이다
어두운 곳에 빛이 오리란 것을 기다린 사람처럼
사랑이 눈부시다는 것을 알았다
열정이 없었다면 시들했을 것이다
식히는 법을 알았다면 시작하지 않았을 것이다
제한된 유효기한이 죽음보다 더 길기를 바라면서
죽어도 좋다며 남은 시간을 불태웠다

사랑에도 명암이 있음을 알았다
이별은 사랑으로 극복될 줄 알았다
기적의 호르몬은 멈추지 않은 샘물인 줄 알았다
현실을 깨달을수록 두려움이 커갔다
사랑은 합리적으로 해결하는 것이 아니었다
배려한 만큼 배려받으려 했을 때 금이 가고 있었다
아슬아슬한 균형감이 흔들려갔다
두려움보다 사랑을 우선해야 했다
평화는 진실이 없을때 지속한다는 것을 몰랐다
사랑하기 전보다 삶이 아름답다고 느끼며 참았다
진정 사랑했다면 이별도 아프고 사랑도 아름다웠을 것이니까

끌림

자꾸만 더 예뻐 보인다
더 가까이 다가가게 된다
보이지 않는 진실
사랑은 거리조절의 기술이다
사랑한다고 느끼게 하고 싶다
사랑한다고 말하면 떠날까?
혼자가 되는 것이 두렵다
사랑이 눈물겨워도 그립다
인생은 긴데 사랑이 짧으면 슬프다
사랑한다는 말은 마구 써도 되건만
사랑한다는 말이 나오려 하면 가슴이 막는다
그가 자기 안으로 숨어 들어갈까
자신의 믿음을 후회할까
오늘도 에로틱한 탐험은 멈추지 못하면서
이끌리는 힘으로 다가간다

슬픈 사랑

그와 맺어질 사랑은 아니었다
이루어질 수 없는 사랑이어서 더 간절했다
사랑을 잃으리라는 것을 모르는 것이 아니었다
사랑하지 말아야 한다는 것도 알고 있었다
뜻대로 되지 않고 마음은 달려갔다
사랑은 나이와 관계없음을 알았다
그를 간수하지 못할 것도 알았다
벅찬 그의 향기를 거절하는 법을 몰랐다
누군가는 사랑을 끝내야 했다
주변 상황에 관심 둘 이유가 없어질 때였다
서로 분리된 채로 떠나야 함을 알아챘다
불꽃은 스스로 없어지지 않았다
환성의 힘이 절정에 다다를 때였다
깃털처럼 가볍게 낭떠러지로 달렸다
영원히 사랑한다는 말은 소용없었다
이루어질 수 없는 사랑은 이루어질 수 없는 사랑이었다

연민의 회상

사랑의 유혹을 거절했어야 했다
그를 위하고 나를 위하는 거라 착각했었다
일관적인 태도가 변해버렸다
연속되지 않을 위험을 감수했어야 했다
솔직함은 오히려 짐이 되어 돌아왔다
그저 사라지는 것에 치중했었다
어디에선가 찾아왔다가 다시 사라졌다
사랑의 감정이 함께 떠났다
받아들이고 싶지 않은 현실이었다
굉장히 중요해 보였던 것들이 아주 작은 점으로 축소되었다
오롯이 가질 수 있는 것은 추억뿐이었다
행복한 추억을 더 만들었어도 아픔은 같았을 것이다
슬픔의 회오리가 지난 후에 깨달았다
행복하게 할지 안 할지는 마음에 달렸다는 것을 알았다
다음 사랑 때까지는 착각하지 않을 것이다
견딜 수 있을 때까지 헛된 유혹에서 탈피할 것이다
현재의 상태라면 지금은 집중할 것이 없다
감정의 소용돌이가 멈추기를 기다릴 뿐이다

배반의 장미

그가 떠나갈 것을 모른 것은 아니었다
사랑하는 연인이 배반할 것을 알기 시작할 때였다
눈물을 감추고 웃으며 손을 흔들어야 했다
사랑한다면 이별도 깔끔해야 한다고 생각했다
눈시울로 시야가 흐려서 그가 떠나는 것을 볼 수 없었다
아무리 오래 걸려도 상대를 변화시킬 수 없다는 것은 알았다
허우적거리는 모습을 더는 안 보여주어도 되었다
죽음보다 더한 것이 사랑이라는데 할 수 있는 일이 없었다
인정하고도 헤쳐 나갈 길이 보이지 않았다
운명이 강타할 때 속수무책이었다
자신을 갉아먹는 불행이 추가되었다
좋은 사랑은 의미와 즐거움의 균형능력이었다
품위와 이성을 이탈해도 좋다고 자위했다
인생의 보호막을 걷고라도 붙잡으려 했다
떠날 사람은 반드시 떠난다는 것을 알기에는 너무 늦었다
다행인 것은 더는 쇼를 하지 않아도 된다는 것이었다

봄날은 간다

사랑은 가고 침묵의 봄이 왔다
새들의 합창 소리 꽃들이 피는 소리
사랑을 잃은 자에게는 죽은 듯 고요한 봄이다
행복의 다른 문을 무관심하게 바라본다
자유로운 것은 휘청거리는 발걸음이다
새싹 위로 지워지지 않는 그가 보인다
기억은 계절과 관계없이 살아있다
그는 떠났지만 내가 보내기까지는 선택이 있다
봄과 결혼하기에는 더 생각할 외로움이다
나비와 함께 춤추지 못함은 몸동작 때문은 아니다
아무리 좋은 기술을 가져도 봄을 노래할 수 없다
땅속에는 공간이 많아도 추억을 다 묻을 수 없다
눈앞의 무엇에게 말을 하고 잊으려 애쓴다
아직도 내 손에 그의 향기가 묻어있다
그래도 어김없이 봄날은 가고 있다

사랑의 진리

겨울이 봄을 이길 수는 없습니다
새로운 사랑이 찾아오면 그날의 아픔은 씻깁니다
아니라고 말하는 사람도 있습니다
용기 있게 새로운 사랑을 찾으면 됩니다
어차피 좋은 이별은 없습니다
사랑을 지키지 못했다고 자학할 필요는 없습니다
얼어붙은 마음을 녹여야 할 때입니다
추억의 잔상에 고마워하면 그만입니다
영원한 것은 없습니다
마음 한구석에 그가 아직도 남아 있는 것은 상관없습니다
서투르게 사랑했기에 아쉬운 것입니다
점점 더 어른이 되어간다는 증거입니다
지금부터라도 손색없는 나만의 사랑을 하면 됩니다
빙글빙글 돌아가는 것이 우주의 진리입니다

Chapter. 2

|

사랑의 손

사랑 바보

사랑하는 사람은 각자 다른 사람 곁에 있습니다
미래에 대한 부푼 꿈은 더는 할 수 없습니다
처음부터 잘못인 줄 알았지만 수용하지 않았습니다
사랑하지만 헤어져야 하는 안타까운 결말입니다
요즘은 그 사람 없이 그 사람 손을 잡고 추억의 길을 걷습니다
상처를 치유하기 위해 누군가의 마음을 사기는 어려울 것입니다
아픔에 익숙해지는 편이 낫다는 생각입니다
미련으로 다시 붙을 사랑은 아닙니다
거기까지가 인연인데 통증이 멈추지 않습니다
다시금 더 좋은 사랑으로 채워가라지만 아쉬운 것뿐입니다
또다시 누굴 만나 아픔을 반복하기 싫어서입니다
행복이 고통 위에 쌓일 것만 믿습니다
오늘의 내 바다는 길게만 느껴지는 밤입니다

헤어져야만 한다면

이러려고 사랑을 했나
이렇게 헤어져야 할 운명을 알면서
내 모든 것을 바쳐 사랑했어라
그대여 뒤돌아보지 말고 떠나다오
천사가 당신의 영혼을 가져가기 전에
내가 먼저 빼앗아버릴지도 모르는 것
사랑이 이루어진다면 하늘나라로 함께 가리
동반하여 죽자던 그 약속, 파도 속에 던졌어라
우울한 찬 공기만 허공에 휘날린다

이러려고 사랑을 했나
이별을 알면서 연습하지 못했어라
죽어도 헤어지지 말자던 그 말들은
먼지보다 더 가볍게 날아가 버렸어라
그대여 어서 가라 이미 천사는 떠났다
함께 하늘나라로 가자던 그 말은 메아리
출구 없는 숨 막힘에 넋을 잃고 돌아섰어라
사랑이 영원할 수 없다면 영혼은 쉬어야지
서글픈 음악 안개 속으로 자욱하다

사랑에 데인 자여!

사랑에 데인 자여! 사랑은 구경거리가 아니다
내 안에 중심이 잡혀있으면 감정에 사로잡히는 일은 없을 것
사랑은 추구하는 것이지 비교하는 것이 아니다
어떠한 환경에서도 의지로 선택하는 것
고집스럽게 자신을 믿으며 나아가는 것
영혼이 주도하는 것은 언제나 옳은 것
사랑이 중요하다면 소중히 여겨야 하는 것
알면서 포기하는 것은 죽은 것과 다름없이 사는 것
자신감 없이 행동하면 세상도 그런 인간으로 본다
이루고 싶은 꿈이 사랑이라면 밀고 나가는 것
마음의 소리를 믿고 가야 한다
더더욱 쓸모없는 후회는 나중에 해도 충분한 것
사랑한다면 당장 행동을 시작하는 것
최선을 다했다면 노력이 물거품으로 돌아갈 일은 없다
사랑은 어떤 장애물도 장애가 되지 않는다
사랑은 영혼의 목소리를 따르는 것
사랑에 데인 자여! 사랑은 관람하는 것이 아니다

선물을 꿈꾸며

사랑과 고통은 한몸이다
햇빛과 그늘도 한몸이다
많이 행복하려면 많이 아파야 한다
벅찬 감동은 울음 뒤에 온다
미움이 가시면 그리움이 오듯
끝없는 끝이 시작되는 것이 사랑이다
모든 사랑이 첫사랑인 것처럼
마지막에 눈물이 아니길 바라며 사랑을 한다

사랑을 시작할 수 있는 사람

후회하지 않을 자신 있다면 사랑을 시작하라
모두를 잃어도 아픔을 견딜 수 있다면 사랑을 시작하라
고독의 맨 밑바닥까지 갈 수 있다면 시작하라
어느 날 아무도 나를 원하지 않음을 알고프면 시작하라
삶을 불태워 재가 된다 해도 갈망한다면 시작하라
짧은 아름다움 위해 긴 외로운 길을 갈 자신이 있다면 시작하라
사랑이 무모한 반역이었음을 알게 될 것이다
슬픔의 선율에 몸을 맡기는 날이 길어질 것이다
피를 토하는 그리움에 희열을 즐길 수 있다면 사랑을 시작하라
미칠 광기가 있는 사람만 사랑을 시작하라
순간의 행복과 긴 자유로움을 바꿀 자신이 있다면 사랑을 시작하라

가을

꽃들이 긴 목을 내민다
그리움이 깊어가는 가을
봄을 다시 맞을 수 있을지 서러움이다
내일은 아무도 모른다
여태껏 둥글게 살지 못했듯
봄이 오면 이 세상에 누군가는 없을 것이다
그리움 없이 사랑을 만들 수 없어 더 기다리다가
더 가까이 다가가서 갈색의 잎 새에 긴 입맞춤 한다

억새의 흐느낌에 손을 얹었다가
내 것이 아니라고 내려놓고 또 기다린다
모든 것을 걸지 않아서 이루지 못하나
반쪽만 담가서 만들지 못하나
가을은 가고 낙엽은 제 홀로 바삐 굴러가고 있다

가슴의 별

사랑하면 사랑할수록 더 길들기 원 합니다
함께 길들다가 내가 덜 길들까 두렵습니다
죽을 만큼 사랑하려고 발버둥 칩니다
그보다는 더 사랑하고 싶어서입니다
복종하는 짐승처럼 그보다 낮게 눕고 싶습니다
사랑의 목마름은 죽음보다 슬픕니다
더 길들어서 그가 하라는 대로 이끌리고 싶습니다
기대가 클수록 사랑이 멀어진다는 것이 무섭습니다
헤어지는 것이 아니라면 무엇이든 바꿀 것입니다
그가 나의 기대와 다르다고 미워하기 싫어서입니다
낫고 싶지 않은 병에 걸렸나 봅니다
잡히지 않아서 어느 날 가슴이 타버리면
그리운 별 하나 가슴에 품고 살 것입니다
떠난다면 오지 않을 줄 알면서도 기다리며 살 것입니다
기다리는 일이 더 행복하다는 것을 믿고 살 것입니다

바닷가에서

그대를 지우려 바다로 왔다
그대가 나를 향해 다시 오지 않음을 안다
사랑은 보이지 않고 그리움만 남았다
파도가 잠들기 전에 사랑한다고 말해볼까
전화하려다가 내려놓는다
사랑은 바다 앞에서 작은 물결일 뿐이다
바다도 누군가를 그리워 저렇게 출렁일 것이다
그립다 말겠지. 눈시울 적시며 망부석 된다
지우려 왔다가 그리움만 가득 가지고 간다

다시

사랑하고 아파할 수 있다면
그날의 그대를 기억할 수 있다면
다시 사랑에 허우적거려보겠다
조금씩 사랑이 타버림을 모를지라도
우리만 아는 사랑을 시작하겠다
다음이 존재한다는 것을 믿지 않으며 사랑하겠다
떨어진 낙엽이 밟혀 부서지며 비명 지르듯
다시 사랑의 날개를 달자고 소리치고 싶다
나의 넘치는 사랑으로 함께 잠겨 죽고 싶다
사랑은 떠나고자 하는 것들을 채워가는 과정이라도
그대라는 이유로 죽어가고 싶다
그대가 떠난다면 그대의 빈자리는 절대로 채워놓지 않겠다
그대가 떠난다 해도 내 삶에서 그대를 떠나게 하지 않겠다

봄

키스하기 좋은 계절이다
사랑할 시간은 충분하다
한순간의 찰나만 없을 뿐

가슴에 열정 가득하면 무엇하랴
키스하고 싶은 이유는 대지 마라
사랑은 밖으로 새 나오면 안 된다

이렇게 혼자가 된다
머물 수 없는 것들은 바람과 같다
봄은 가는 길이 미끄럽다

소금 꽃이 피는 사람

내 몸은 소금으로 만들어졌다
그녀는 말했다. 소금 꽃이 피는 사람이라고
나는 이미 알고 있었다
눈물도 콧물도 짭짭함을
쉽게 썩지 말라고 어머니는 저려서 만들었을 것이다
눈물 흘려야 할 때는 소금 꽃이 피고 싶을 때
썩어 변하여도 아직은 포장 속에 있나 보다
늙어가도 더 죽기 싫어지는 추함도 감추고 있다
소금 꽃으로 불꽃처럼 피어나고 싶다
불멸의 내 사랑은 죄업으로 가득하지만
죽을 만큼 독한 사랑이었기에
다음 생에서 다시 만날 것이다
하늘의 시샘과 미움으로 키스 없는 사랑을 했는데
하늘은 꿈속 사랑까지는 막지 못하였다
나는 소금 꽃이 피는 사람 아닌가?

단 한 번이라도

단 한 번이라도 당당한 사랑을 해보았느냐
개들도 엉덩이 맞대고 헐떡거리는데
두꺼비도 공유하면서 한몸으로 열애하는데
너는 숨어서 무엇을 하였느냐
누구에게도 당당한 사랑을 해 보았느냐
개보다 못난 놈이라고 욕먹어도 싸다
돌멩이에 맞아도 피 흘리며 사랑의 합체를 풀지 않는 연인들
이루어질 수 없는 사랑이라며 핑계 대고 놓아버리는 너
죽어도 죽을 만큼 사랑해보긴 했었느냐
국경도 나이도 문제없다며 말하고는
도망가지 않는 개만도 못한 사랑을 부끄러워하라
단 한 번이라도 당당한 사랑을 했었다고 자부할 수 없다면

기억의 의자

계절이 가듯 그대는 떠났다
봄이 오면 여름이 멀지 않은데
돌아올 것이라 믿는다는 것은
헤어진 줄 모르고 산다는 것
등 뒤를 볼 수 없다는 배려 때문에
등 뒤에서 독설을 쏟지 않았고
그리움의 지명을 애써 찾지 않도록
독주를 마시지 않아도 발견하도록
서성이는 바람길에 묻어놓았다

떠난 연인과 연애 중이다
안대로 눈을 가리고 궤도를 이탈하며 간다
제 길을 찾았을 때는 몸이 먼지로 흩어질 것이다
걷다가 죽고 싶은 꿈을 이룬다 해도
그리움은 조금밖에 죽지 못할듯하다
떠나버린 그의 긴 발자국은 선명한데
그를 쫓아가다가 시들어버린 꽃잎이 마른다
꿈꾸는 시간까지 함께하자 했는데
주인을 기다리는 의자에 오늘은 혼자 다가간다

사랑의 손

사랑을 잡았던 손이 허전하다
사랑이 왔던 손이 잡을 것이 없다
잡을 것이 없는 손이 허공을 잡는다
이럴 줄 알았다면 가슴으로 잡았을 것을
속으로 품고는 참아볼 것을
견딜 수 없게 손으로 잡았었구나
미안한 손이 쑥스럽다
죽어야 할 손이 살았다고 말한다
들어줄 수 없는 외면하는 가슴이다
무거운 빈손이 축 늘어진다
사랑한다는 말은 더더욱 할 수 없다
떠나버린 손 사이에 사막이 있다
잡고 싶은 손은 사용법을 잊었다
손을 벌려도 손을 쓸 수가 없다
이럴 줄 알았다면 가슴으로 사랑할 것을

사랑에게

그래 움직이지 말고 서 있어다오
바위처럼 흔들리지도 말아다오
괜히 체조하는 척 팔을 휘둘러도
땀 흘리며 뛰어다녀도
그래 꼼짝 말고 그 자리에 있어 다오
내가 다가가 문을 열 것이다
절절한 향기로 깨어나지 않거나
잃어버린 문이라면 새로 만들 것이다
내 그림자에 견디지 못할 문을 만들 것이다
그대가 있어야 할 곳이 아니도록 할 것이다
그래도 안 열리면 지붕을 뜯어버릴 것이다
건전지를 갈아 끼워서 살아나게 할 것이다
그대로 다시는 놓치지 않겠다고
그대를 다시는 잃어버리지 않겠다고
나 하나 바꾸면 흩어지는 우리가 안 된다고
앞이 아닌 옆에 앉아 손을 잡고 다시는 놓지 않겠다고

너의 흔적

너의 흔적을 줍는다
레고 만들 듯 너를 꿰어 맞춘다
가슴속에 파묻은 너를 꺼낸다
가슴속의 너와 대조해 본다
내 안에서 네가 싹이 트는지 바라본다
새싹이 나와서 거닐기를 바란다
잘 크라고 울음을 뿌려준다
너의 침묵을 삼킨다

Chapter. 3

|

그렇게
사랑하고 싶다

몽정

거부할 수 없는 욕망을 주고 그는 떠났다
잠 못 이루는 사랑의 빠짐이 멈추지 않는 것은
사랑의 열정이 통제 불능한 까닭이다
현실을 인정하지 못하는 꿈속의 사랑
낮과 밤의 사랑은 완전 반대다
세상에서 고립되기 원한 건 나뿐이었다
오래보면 더 좋으리란 것도 나뿐이었다
그는 사랑의 유효기간을 재고 있었다
사랑한다는 말의 약효가 멍들었다
사랑하는데 필요한 그가 없다
고통의 가시관을 씌워주고 그는 갔다
같은 방향을 볼 길은 사라졌다
그는 잡을 수 없는 바람이었다
고장 난 시계처럼 얼빠진 사랑이 흔들린다
기다릴 수 없는 악몽이 시작된 것이다.

그것은 사랑 아니다

어떤 경우라도 후회하는 사랑 그것은 사랑 아니다
멈추는 사랑 그것은 사랑 아니다
설명할 수 있는 사랑 그것은 사랑 아니다
미치지 않는 사랑 그것은 사랑 아니다
원은 풀었다는 사랑 그것은 사랑 아니다
헤어질 때 말하는 사랑 그것은 사랑 아니다
헤어지고 찌질 거리는 사랑 그것은 사랑 아니다
그리움이 남아있는 사랑 그것은 사랑 아니다
죽음이 두려운 사랑 그것은 사랑 아니다
남의 시선 견디지 못하는 사랑 그것은 사랑 아니다
목숨을 걸지 않는 사랑 그것은 사랑 아니다
가장 소중한 것을 걸지 않는 사랑 그것은 사랑 아니다
치명적이지 않은 사랑 그것은 사랑 아니다
함께 죽고 싶지 않은 사랑 그것은 사랑 아니다

닿을 수 없는 사랑

더 사랑할 수 없다
사랑했던 사람으로 남는 수밖에
더 이상 사랑할 수 없다면 사랑하는 사람으로 살아야지
연락할 수 없다면
다시는 품을 수 없다면 꿈이라도 꾸어야지
눈을 봐야 정보를 얻을 수 있는데
마음을 알 수 없다
함께하던 그때를 다시 한번 그리다 잠든다
흔들어놓고 이루어질 수 없는 사랑이라고 떠난 사람
단둘이 인생 막살아보겠다는 것은 나만의 꿈이었다
이제는 더 사랑할 수 없는 사람

밤

붉은 노을이 사라진다
서로의 몸을 만질 시간이다
달도 물에 뛰어들었다
몸을 기울여야지
별이 연주한다
옆구리에 당신을 붙여놓고
당신을 안은 마음은 자라게 해야지
조금은 느리게 공기가 데워지고 있다
들어왔던 문은 잃어버린다
술래 된 당신은 노래한다
뜯어낸 달빛을 당신 얼굴에 붙인다
당신을 꺼내 이불 속에 숨긴다
부드러운 밤이 벗겨진다

해변에서

바닷물이 튀어 다니는 오후 해변
당신을 잡을 수 없다
내 팔이 점점 줄어드는 것이 분명하다
당신이 사라질 리가 없다
닿지 않은 거리에 떠다니고 있다
파도를 밀며 당신은 다가온다
함께 거닐던 바다 앞이다
길게 뻗은 내 손은 당신에게 닿지 않는다
갈매기들이 바다로 떨어진다
당신을 잡을 수 있다면 새가 되어도 좋다
정신 차려보니 팔이 자라났다
바다가 당신을 숨기고 있었다
나무에 바다 냄새가 매달리고 있다
모래가 별처럼 반짝인다
해변이 지워지기 시작한다
당신이 사라졌던 물속으로 빠져들어 간다

내 사랑

내 마음에 예쁜 수채화 그려놓았네요
깃털보다 가벼운 마음은 꽃밭이네요
생각이 가득 차 있을 때도 당신을 사랑해요
두 개의 입이 한목소리를 내도록 하나의 입술이 되어요
사랑한다고 별만큼 말해서 눈물 나게 해줘요
어떤 아픔도 함께 있으면 달콤해요
당신의 바다와 당신의 하늘이 되게 해줘요
꿈이 깨지지 않도록 신께 기도해요
사랑이 사방에 흩어져 마음이 피어나요
당신의 감미로운 힘이 이렇게 센 줄 몰랐어요
구르는 잎 새 하나까지 아름답게 느껴져요
밤마다 당신 꿈을 꾸는 것이 사랑 때문이라면
이성을 당신 영혼 속에 살게 하겠어요
그 무엇도 당신을 데려가지 못하게 하겠어요
그리움을 꾹꾹 눌러 담을 필요 없이 살아요
사랑하는 내 사람이여 내 사랑이여

이제는

이제는 죽어도 좋다
죽지 않으려고 사랑할 이유가 열어졌다

슬픈 이별은 꽃나무에 심었다
구덩이를 묻고 잊혀 질 때까지 여행을 했다
눈이 감기지 않아서 안대를 했다
무작정 걸었는데 죽음보다 먼저 상처가 돋았다
나보다 그림자가 더 괴로워했다
영혼만으로 감당하기에는 육체가 말을 듣지 않았다
기억은 살아서 집요하게 들락거렸다
미움과 보고픔을 섞어서 먹었다
산뜻한 이별은 원하는 바와 반대로 열렸다
그의 숨결이 바람을 타고 스며들었다
그의 포위망에 영원히 갇혀버릴 것 같았다
되돌아갈 수 없는 뒷길을 바라보았다

이제 산속 움막집에 있으면 나만 보인다.

사랑의 이름

내 이름 말고 이별한 사랑에게 이름을 달라
죽음보다 깊은 사랑을
또다시 슬픔에 죽을지라도
절규를 쏟아부으라면 숲으로 가리라
유서를 써야 한다면 거침없이 쓰리라
받을 사랑표는 다시 돌려주지 않으리라
하나의 별로 미래를 향해 떠나리라
당신의 눈을 가리고 어딘가로 데리고 가리라
이상한 꿈 이상한 희망이라도 들어가리라
사랑의 이름으로 훌륭하게 죽어갈 수 있다면.

사랑 앞에서

사랑 앞에서 당황하는 것은 아직도 사랑이 영화 같기 때문이다
마지막 사랑은 삶과 죽음의 경계선에서 머물고 있음이다
잡힐 듯 잡히지 않는 것은 고결한 사랑의 영혼이고
가까워도 멀게 느끼는 것은 부서지는 것이 사랑인 줄 몰라서이다
죽음의 열차를 타고 눈물에 키스할 때 잠들 수 있다
사랑은 항상 숨겨져야 하니까
사라지는 것은 아름다운 것 슬프지 않은 것
사랑은 멈추지 않는 여행처럼 머물지 않는 꿈을 꾸어야 한다
사랑은 흔적을 기억하는 것이다
불안의 시간은 다 지워진다는 것을 거부하고자 해야 한다
사라지는 꿈을 꾸기 전에 사랑해야 한다
다시 오지 않을 사라질 것은 놓아주자
멈추는 사랑은 있어도 잘못된 사랑은 없다
망설임은 바다에나 숨기는 것이다
잊으려 술잔을 비우는 것은 더욱 아니다
영혼에게 흐르는 타액을 취하는 것이다

양파

양파는 벗겨도 처음처럼이다
비밀의 연애같이 벗겨도 양파다
사랑이 흐려질까 봐 둘러싸고 침묵한다
사랑이 마를까 봐 안고 또 포옹한다
식어 갈까 봐 사랑을 숨기고 싶어 한다
밀폐된 시간을 흰 꽃으로 수놓았다
사랑의 추억을 읽으며 살며
그래 맞다, 사랑한다 편견으로
사랑하는 이에 대한 편견은 얼마나 애절한가
빙하 속에서도 비밀의 연애는 지키려 든다
사랑을 이루려고 그림자도 만들지 않으면서
다물고 있던 입을 없애버렸다
하얀 속살 부끄러움도 잊고 낯을 가리지 않는다
지켜낸 사랑이라며 산산이 부서진다.

종유석

나와 닮았다. 그리움이 자라는 것이
생을 주고 얻은 것이 이렇게 키워내는 것뿐이라니
강 하나가 내 몸을 훑고 지나갔을 것이다
아주 조금씩 속으로 키웠을 것이다
한 생을 파묻어 얼마나 큰 종유석을 만들려는지
애쓴 보람은 스쳐 가는 바람도 외면한다
나이 들었다고 천한 사랑 하는 것 아닌데
이렇게 몇 천 년을 사랑해야 사랑을 알까?
상처는 아는데 사랑을 답해줄 아무것도 만들지 못했다
함께 자라고 있는 종유석들을 보면 사랑의 환생은 쉽지 않은 모양
동굴까지 비출 어리석은 햇살은 없다
아름답다고 말하며 사람들이 지나간다
잠들어 있는 척한다 생각이 아프면 나도 아프기 때문이다

사랑은 나중이 없다

사랑은 영원하지 않다
함께 있었던 순간의 행복만 기억하게 된다
사랑할 수 있어서 감사하다고 하자
오랜 시간 함께 있다고 해서 더 사랑하는 것은 아니다
지금 바로 옆에 있는 사람에게 잘해야 하는 까닭이다
영원을 꿈꾸지 말고 현재를 사랑하자
내가 가진 것을 아끼기 시작하면 사랑은 잠이 든다
맛있는 것을 먼저 먹어야 하듯 사랑은 나중이 없다
서로 다름을 인정하며 바라보는 것이 사랑이다
변한다면 사랑이 아니다. 감정일 뿐이다
함께 있어 행복하다면 충분하다
나중이 궁금할 이유를 찾을 필요가 없다
사랑이 어디로 흘러갈지 모르기에 지금 마음껏 사랑해야 한다
똑같은 사랑은 반복되지 않는다
끝까지 사랑하는 것이 죽음보다 어렵다
지금의 사랑을 놓치지 말자

그렇게 사랑하고 싶다

나와 헤어진 지 아득한 세월
어느 날 갑자기 그가 내 옆에 있다
사랑스럽게 불렀던 애칭 한마디에 내 품에 안길 것 같다
분명 헤어졌는데 나와 함께 살고 있나
좋은 점만 기억하고 있어서 불쑥불쑥 튀어나오는 것일까
사랑할 수 없어 연락 한번 안 했는데 그림자이었을까
다시 사랑한다 해도 다시 이별해야 하는 인연
크고 깊은 내 사랑을 이제서 느끼었을까
사랑해도 같은 곳을 함께 바라볼 수만은 없다
두 갈래 길 중에서 서로 하나씩 가라는 거부할 수 없는 신의 명령
슬픔의 빗물은 그럴 때나 흘리는 것
고뇌는 각자의 길을 가면서 받는 사랑의 천형
서로의 마음 간절하나 운명인 것을
비극이라도 다시 한번 첫눈처럼 사랑하고 싶다

혼자서 사랑할 것을

사랑할수록 죄가 되었다
그럴 줄 알았다면 혼자서 사랑할 것을
무엇이든 해주려 하지 말았어야 했다
원하는 것이 무어냐고 묻지 말았어야 했다
내 방식대로 혼자서 사랑할 것을
당신은 떠나고 당신이 남긴 그림자
잡을 수도 없는데 의무인 듯 지키고 있다
사랑의 불씨가 다시 피어오르지 않아야 할 터인데
아무리 꿈을 꾸어도 그것은 꿈인 것을
가슴속에 들어와 앉아 있으면서 모른 척하는 것인가
당신의 그늘까지 사랑할 수 있음을 모를까
내리는 비를 맞으며 추억을 만진다
나는 어디 가고 당신만 내 속에 있다
오늘도 문은 잠그지 않고 열어놓았다
함께 사랑할수록 죄가 된다는 말 씻기기를 바라지만
아! 혼자 사랑할 것을

너를 훔치고 싶다

단 한 번만 나쁜 짓을 하고 싶다
너를 훔쳐서 나만 아는 곳에 간직하고 싶다
보고 싶을 때마다 뚜껑을 열어 너를 보고 싶다
함께 있을 싶을 때는 살며시 네 옆에 있고 싶다
돌아올 것 같으면서 돌아오지 않는 강물처럼
돌아온다는 그 말 믿지 말았어야 했다
설렘 가득한 지금 너를 도둑질하여 가져오고 싶다
껍데기뿐이라도 훔쳐서 영원히 보관하고 싶다
언제이냐는 기다림은 이제 지쳤다
나의 곳으로 너를 훔쳐서 데려오고 싶다
네가 눈물 흘리면 내 목숨을 주고 싶다
너 없는 세상은 죽음보다 허무하다
너 없는 행복은 모두 가짜다
눈을 감아도 네가 보이는 환영은 견딜 수 없다
훔쳐 가져와서는 안 된다는 인내의 한계는 이미 넘었다
그런데 가장 중요한 것은 네가 있는 곳을 나는 모른다
는 것이다

행복한 새

비를 맞으며 새는 알을 품고 있다
고통과 괴로움은 문제없는가 보다
불쌍한 모습은 사랑을 놓은 나를 닮았다
아프다가 죽고 나서야 불행이 끝날 것이다
바람이 세차면 머리를 묻는다
무슨 아름다운 세월을 기다리려고 애를 쓸까
사랑하다가 그만두는 계산된 사람보다 낫다
우직한 모습에 박수를 보내야 할까
아름다운 세상 꿈꾸어서 보기 좋다고 말해야 할까
사랑을 잊고 떠난다는 것이 믿어지지 않아서일까
새끼들이 떠난 후에 사랑한 기간들을 잊을 수 있을까
사랑의 날은 짧고 이별은 길다
결별 후에는 사랑 아닌 것으로 사랑을 견디며 살아야 한다
밤이 되면 새는 운다
불행해서 행복한 새

당신이 오신다면

오늘 밤 당신이 오신다면 저는 허물어지겠지요
당신이 회개하지 않아도 충분히 품을 준비가 되어 있어요
사랑보다 이별을 더 오래 기억하는 데 지쳤어요
이를 악물고 이별했던 상처는 감출 수 있어요
머리는 관계없이 다리는 당신을 향할 거예요
모든 것이 당신으로 보이는 위험한 날이어도 좋아요
인내의 한계를 넘어서 버티고 싶지 않아요
빈틈이 보이도록 준비해 놓았어요
울지 않으려고 애쓰는 모습은 보지 마세요
눈빛으로 가르쳐 줄 수 없는 것도 있거든요
당신에게 닿기 전에 제 몸을 잃을까 봐 걱정되어요
누구에게 받은 형벌이기에 하루도 길이 열리지 않는가요
어느 별나라에 가야 얼마든지 사랑할 수 있을까요
이 별나라에서는 너무 늦게 만난 것이 한스러워요
제 아픈 곳을 밝힌 당신의 사랑은 슬픔의 기록이 되고 있어요
당신의 부재가 한 방울 빰으로 떨어지네요
당신이 오신다면 당신이 오신다면……

Chapter. 4

|

붙들지 못한
사랑

사랑하는 사람이여

당신에게 미안해서, 해줄 것이 없어서 이별하고 싶어요
함께 불행해도 충분한 사이라는 것은 알아요
사랑을 하늘 멀리 던져버리고 싶어요
공중에 매달려 태양처럼 비추도록 할게요
태양 속에 불타면서 사는 것도 나쁘지 않겠어요
어느 날 밤이 오듯 당신이 오면 울음 멈추고 당신을 갖겠어요
새들이 눈을 밟고 간 자국을 따라오시면 돼요
언젠가는 함께 간 두 사람의 발자국이 찍히겠지요
밖을 보니 달도 혼자 사는 것을 그만두고 싶어 하나 봐요
미안한 사랑을 접고 별나라에 먼저가 있을게요
함께 할 수 없는 사랑이 현실이라면 미래로 떠나야지요
한 번 더 죽고 한 번 더 환생할 수도 있는 것 아닐까요
연습해보고 싶어요, 정신 나갔다가 돌아오는 것처럼 요
얼굴이 생각나지 않을 때까지 끌어안고 싶어요
사랑하는 사람이여! 그러니 이별해요

비

숨어보았자 우주 안에 있겠지 하였다
내가 먼저 와서 별나라에 자리 잡았다
만날 희망이 구름으로 향한다
당신은 언제 오려는지 비는 내린다
내 몸이 그리움에 지쳐 화석이 되면 나타날까
한 세상이 간다, 바람으로 내 몸을 바꾸고 싶다
눈치채지 못하게 한 이별은 진심이 아니었다
다시 만나 사랑하리라는 것을 믿는 이가 바보였다
내 입술을 떠나지 못한 너의 이름이 안타깝다
스스로 범한 죄 다 씻겨 지면 오려나
당신이 간 길 잊어지라고 비는 내리는 걸까
내게로 오는 모든 문이 닫혀 발을 묶고 있는 걸까
잊으라고 돌아오지 않는다고 하염없이 비는 내린다
한 사흘 비가 오고 안개를 적신 밤이 오면 오려나
당신이 없는 꽃밭은 속절없이 시들어간다

절망조차 비워내면 내 것은 목숨조차 남아있지 않을 것
가슴속의 당신은 놓아주고 싶어도 슬픔마저 사라지면 견딜 수 없을 것
비가 온다. 내 슬픔이 떠돌다가 빗방울 되어 젖는다

보낼 수 없는 편지

허락도 없이 내 가슴을 모두 열어 보였지요
아무렇게 해도 빛나는 보석이라고 말했던가요
주일마다 착한 양이 되어 참회의 기도를 드려도 아니 되나요
무엇과도 바꾸고 싶지 않은 사랑의 날들이 뿌리내리고 있어요
날개를 갈아입기 전에는 만날 수 없는 것인가요
내 눈 속에 당신을 맡기고 살고 있어요
밤에는 잠들어야 하므로 사랑의 말은 할 수 없어요
어느 별을 타야 당신에게로 갈 수 있는 것인가요
내 몸은 벌써 당신이 있는 곳으로 날아올랐지만 나 혼자뿐이네요
새들이 빠르게 날아간 석양 속으로만 가지 못했어요
당신이 산책 나오지 않았다면 마지막 희망은 깨고 싶지 않아요
당신이 알아볼 수 있도록 등에 제 이름을 써두었지요
당신의 이름은 적어둘 필요가 없어요, 쉽게 찾을 수 있거든요

잘해주지 못했던 것 얼마나 지우개로 지워야 상봉하나요
생은 마지막 하루처럼 가고 있어요
날은 저무는데 보낼 수 없는 편지를 쓰고 있네요

상처

내 상처 위에 채찍질을 더해다오
사랑이 다시 찾아올지 누가 알겠는가
얼마나 기다려야 고단한 상처를 내려놓을 수 있을까
그것은 사랑이 아니었다고 단 한 번만 말해주면 돌아설까
내 눈물을 위해 작은 속삭임 정도는 가능하지 않을까
사랑 노래가 다 맞는다고 느끼는 것은 사랑하지 안해서일까
모든 사랑은 불륜이어서 구원이 없다고 술잔을 기울여야 하나
불륜의 사랑을 꿈꾸며 위독해지는 시간
순간의 망설임도 없이 사랑이라고 쓴다
천둥보다 더 큰 외침은 독백 되어 돌아온 이름
그러기에 바람보다 더 크게 울지 말라고 했다
눈을 감아도 내 고통은 보인다
귀를 막아도 내 괴로움은 떠밀려가고 있다
상처는 뿌리를 내리고 중독된 그리움은 한 방울을 만나게 한다

붙들지 못한 사랑

떠난 사람을 만나려는 일은 어리석다
누가 바보짓 하는 날 말려준다면 좋겠다
삭정이 같은 추억도 사랑이었다고 끌어안는 나
불러도 귀를 막고 도망갈 운명이었구나
목소리를 다시 듣고 싶지 않을 것이다
찾아든 목숨 하나 지키는 것이 우선임을 알기 때문이다
나보다 더 목숨을 걸고 사랑할 수 없기 때문이다
마르지 않은 눈에 비가 내린다
얼마나 더 상처가 필요할까
건널 수 없는 사막은 이제 없다고 하였지 않은가
별처럼 사라지지 않는 기다림을 쓸어안는다
날이 저문다. 가슴엔 지우지 못한 그가 빛나기 시작한다
붙들지 못한 사랑을 몸 버리면서 빠져나오지 못하고 있다

바닷가

소진될 때 끝장나는 것이다
뼈마디가 녹아내린다.
원하지 않는 방향으로 기억력은 팽창한다
기껏해야 몸속으로 사라진다.
날개는 공중에서 부러진 지 오래되었다
그런데도 너의 발걸음 소리를 발끝을 세우며 들으려 한다
네가 떠난 후 너를 배우려고 바다를 자주 찾는다.
사랑은 기다리는 것이 아닌가 봐 중얼거리기도 한다
네가 나를 죽일 때까지 기다린다는 말도 곁들인다
파도는 외로우면 바람을 불러 모아 노닌다.
텅 빈 내 몸은 점점 더 얇아가나 증발하지도 못하고 있다
완벽한 실패가 아니어서 잊히지 않는 것인가
나는 나를 바닷가로 데리고 나왔지만, 다시 저녁이다
바다에서 떠내려온 너의 흔적들을 주우려 하고 있다
바닷가에 누워 파도 속에서 너의 환영을 기다린다.

겨울바다

눈송이들이 바닷속으로 떨어져 사라진다.
나는 얼마나 추락해야 사라지는 것일까
눈송이들은 바다에 이를 때까지 떨어질 것이다
선 채로 물속으로 가라앉은 눈송이들을 생각한다
나는 지워지지도 떨어지지도 않고 있다
입맞춤 후 너의 머리 너머로 이별을 보지 못한 것처럼
바다 건너 절벽으로 날아가고 싶어진다.
내리는 눈이 사라지면 감긴 섬이 눈을 뜰 것이다
두 손을 펼쳐 받은 눈송이 위에 너를 그려본다.
함께 사라지기 좋은 상황인데 눈이 내린다.
공기를 껴안은 몸이 추위마저 잊게 한다.
너의 목소리가 허공으로 스며든다.
온종일 너를 부르면 파도가 데려다줄까
눈을 맞으며 운다면 누구도 눈치채지 못할 것이다
눈 내리는 겨울 바다에 신호등처럼 혼자 서있다
체온 없는 동상이 되어도 두려울 것이 없다

사랑과 욕망과 시간

향수의 냄새도 얼마간이다
사랑의 기억은 조금 더 길뿐
내 몸의 수액을 다 뽑아도 그리울까
내 몸을 태워도 사랑은 꿈틀댈까
아파할수록 당신은 더 피어나려 한다
사랑을 잃고 자유에 숨 막힌다
그 자유를 맞아 언젠가 나도 사라질 것이다
내 피를 모두 뽑아서 주지 말 걸 그랬다
내가 눈물로 키운 당신은 먹지 못하는 과일이었구나
당신의 사랑을 얻고자 이슬만 먹다가 죽어가는 잡초이었구나
당신을 마음속에 심었는데 예전의 평화가 아니다
사랑이란 욕망을 풀어가는 행위란 말인가
품는다는 것도 유효기간을 말하는 것
욕심의 갈망 때까지는 사랑이라 부르랴
서로의 가슴을 갈라 붉은 선혈의 진심을 보자
변하지 않을 아름다운 사랑이 메말라 죽어간다

사랑의 운명

본래 내 것이 아니었다
내 것이 될 수 없었다
지워지지 않는 상처도 본래 없었다
당신이 생각나면 흔들리는 것은 마음 탓이다
원죄는 무너지는 법이 없다
사랑의 운명은 외로움을 이끈다
버려진 잡초처럼 비에 젖고 싶다
설렘의 순간들은 사랑처럼 변하지 않기를
삶의 무대에서 떠난 사람이 살을 깎아 재를 만들고 있다

나는 가리라 사랑이 없는 곳으로

나는 가리라 사랑이 없는 곳으로
애간장 가슴 졸이지 않아도 되고
고통과 슬픔이 없는 곳이니
나 이제 사랑 같은 것은 없는 곳으로 가리라
꽃이 피면 아름답다고
달이 뜨면 설렌다고
그저 풍광에만 빠질 수 있는
나는 가리라 사랑이 없는 곳으로
또다시 아파하며 상처를 기르고 싶지 않다
헤어지고 아쉬움으로 한을 새기지 않아도 되는
이제는 그런 사랑 맞음이 무서워서
나는 가리라 사랑이 없는 곳으로

사랑의 무대

모든 죽어가는 것을 뚫고 나오는 것
갈망하는 모든 것을 위하여 외피는 사랑이다
아무것도 아닌 줄 알 때까지 표류하는 것
숨겨진 시간의 경험을 하는 것
마술이 끝날 때까지
헌납하는 몸과 마음은 허물어지고
순진함으로 물들었음은 기억하려 들지 않는 것
사랑을 위해 둘의 무대에서 광인의 연기를 펼친다

물방울

물방울은 합쳐지기를 원한다
물고기처럼 비늘에 바다를 품고 싶어 한다
소외감이 싫어 강이 되고 바다가 되고
사랑! 슬프고 아름다운 물방울
혼자를 벗어나 감미로운 명령에 따른다
사랑하지 않고 사는 것은 미치는 것뿐이지만
물방울은 사랑이 없다면 죽을 위기는 없을 것이다

사랑이 가득하면

한 번뿐 다시 태어나지 않는다. 이 세상에는
천국과 지옥은 생각 차이
사랑하고 있느냐 사랑하고 있지 않으냐의 차이
멀리 날아와 보았자 그 땅 그 하늘
삶이 늦었다고 통곡할 이유를 찾을 필요 없다
언제 어디서든 사랑이라면 끝
지옥을 이룰 것인가 아닌가도 선택사항
아무리 미워해도 악마는 잠을 잘 잔다
선한 영혼을 가진 자는 웃고 산다
되고 싶다며 최선을 다하지 않은 것은 내 책임이다
끝까지 가 보아야 말할 수 있다
인생은 단 한 번, 내 곁에 천국을 세우는 것은 나
사랑 없는 혁명은 개 짖는 소리
사랑이 가득하면 죽어도 사는 것

꽃

폭발하는 꽃 너 참 예쁘다
내 말을 알아듣고 살포시 웃는다
네 말을 알아듣지 못해 미안해
너의 어느 곳에 귀를 대어야 하는지 모르겠다
너의 심장은 어디 있는지 내 가슴이 두근거린다
바람이 통역할까 봐 귀 쫑긋 세운다
바람에 써 놓으면 나는 못 읽는데
안타깝게 기다린다 너의 환함을
가슴으로 본다 너의 시선을
귀가 아닌 온몸으로 들으며 느낀다
침묵을 듣는 것은 침묵의 아름다움에 잠긴다는 것
조금도 움직이지 않는 꽃 속으로 내가 들어간다
꽃들이 안절부절못하는 모습이 더 예쁘다
꽃들이 말하면 나는 입이 없어야 한다
포옹하기에 너무 연약한 꽃
손끝에 환희가 스친다
절정의 감각에 현기증이 난다
꽃의 향기가 목에 박힌다

이럴 줄 알았다면

늙으면 그리움은 느려질 줄 알았다
바람에 사랑의 기억을 새기지 말았어야 했다
바람 부는 쪽으로 사랑한다고 하지 말았어야 했다
만나지 않으면 그리움은 식을 줄 알았다
은하수처럼 긴 강을 건너야 하는 거리면 끝인 줄 알았다
보고 싶다는 눈물이 새가 되어 날아오면 괜찮을 줄 알았다
지상에 머물지 않고 구름이 되면 잊어질 줄 알았다
내가 묽어지고 침잠하면 그도 생각나지 않을 줄 알았다
오늘도 잊으라고 비가 내린다
이럴 줄 알았다면 솜처럼 그를 빨아들이고 있을 것을
내 몸을 빠져나가면 메우기 전에 죽을 거라고 말할 것을
그의 나이는 멈추었고 나는 더 나이 들어간다

태풍

태풍이다 그가 나를 더는 사랑하지 않으면 되는데
꼭 태풍까지 몰아쳐서 뜻을 전해야만 할까
내 속의 강물 나쁜 점만 보았겠지
뽑히지 않으려면 머리 숙이고 가야겠지
끈도 없이 내 가슴속에서 들락거리는 너
태풍이 너의 뜻이라면 스며들게 하겠다
바람이 너라면 태풍 속으로 따라 들어가겠다
너로 도배된 내 가슴을 씻어줄지도 몰라
태풍이 소리로만 살겠다고 거세게 분다
나와 동거할 생각은 전혀 없는 기세다

태풍이 지나갔다
담쟁이가 벽에 누워 있다가 깨어난다
부풀어 올랐던 하늘도 제자리로 가고 있다
내 그리움은 바람을 덮고 솟아나고 있다
네가 벗어놓은 사랑을 입고 걷는다
네가 없으니 영혼이 허공을 통과한다
네가 나를 보내듯 태풍이 슬픔만 물어 왔나 보다

Chapter. 5

|

내
사랑이여

가고 싶은 길

나이 60 넘으면 무관심해질 줄 알았다
급하게 다가가지 않을 뿐 사랑은 매한가지
삶이 덤이듯 사랑도 덤이 있구나
누가 하지 못한 한 맺힌 사랑을 지금 대신 하는가
달콤한 사랑 빌려 썼더니 쓰디쓴 사랑 책임지라는가
나만 좋다고 아프게 했었는지도 몰라
다시 사랑 잡기가 두렵지만, 발걸음이 먼저 앞선다
어디선가 폭포를 만나면 뛰어들어 울 수 있겠다
무엇이든 다 이룰 것이라 믿었는데
한 사람에게도 헛된 무모함으로 절망했었다
한때 화려했던 사랑은 무엇으로 증명할까
열정으로 가득했던 청춘이 발자국에 남을까
때늦은 세월만 발길에 차인다
분명 소금에 절인 배추처럼 몸은 저져 가는데
갈망은 자신도 창피하게 팽팽히 일어선다
녹슬 시간 되었다는 것을 듣지 않아서인가
빨리 돌아가려는 석양 따라 유혹당하고 싶다며 간다

기다리는 마음

그는 언젠가 돌아올 것이다
나처럼 그도 그리움에 지칠 때 있을 것이다
내가 잡은 사랑의 줄이 움찔하고 흔들릴 것을 믿는다
그와 나의 긴긴 줄이지만 다시 한번 당기고 싶을 것이다
아프다가 눈물짓다가 줄을 당겨 사랑의 날개로 날고 싶을 것이다
무화과처럼 말라비틀어지고 싶지 않을 것이다
내 피를 빨려 껍데기만 남을 때까지 주고 싶다
내 심장을 들여다보고 싶다면 가슴을 절개하고 싶다
자유 찾아 떠났는데 그의 입술은 내려놓고 갔을까
붉은 장미꽃 입 맞추며 그리움 폭발한다
슬픈 마음 참지 못해 가시에 많이 찔려본다
왜 이렇게 더디게 오는지 나만 애간장 타는가
조금씩 보여주고 싶으면 그림자라도 먼저 보내지
그가 떠나니 계절이 있음을 알겠다
첫 키스 때처럼 그를 부르며 눈물 닦는다
떠는 꽃잎 만지지만 내 사랑은 춤추지 않는다
나만 빼고 다 떠났어도 그는 돌아오겠지

다시 한 번 더

사랑은 감옥, 함께 있을 때는 서로 모를 뿐
영혼까지 갇히는데도 행복하다 말한다
서로의 포로가 되고 노예가 돼도 위대하다고 한다
걸으면서 별을 보는 날부터 상처가 돋아남을 안다
친구가 되지 못하고 적이 되거나 잊혀간다
외로움이 사랑을 불러도 용기는 아직 미숙하다
평생 주물러도 완성품 사람 만들 수 없는데
아무리 불태워도 내가 원하는 사랑 어려운데
사랑을 내 곁에만 두려 하였구나
그래도 내 사랑은 비워둔다 당신의 자리
당신을 읽어온 나의 시간이 아쉬워서
나름에도 나를 다시 세탁해서 당신께 바치려 준비해 놓는다
계절이 늙어가도 속마음은 나는 안다
발효의 시간은 충분한데 편지는 보낼 곳을 모르다니
당신과 감옥에서 나올 때 무엇을 두고 나왔을까
부질없이 만든 당신과의 바벨탑을 무엇이 휴지로 만들었다
사랑이 둔감해지기 전에 함께 은하수를 가고 싶다
그리고 나이 들어 함께 돌아오고 싶다

당신의 향기

당신이 불렀나요, 귓속에서 소리가 나요
우리만 아는 애칭으로 당신을 불렀어요, 대답대신 슬픔이 왔어요
당신이 간지럼 피워도 귀를 막았어야 하는데
가슴을 조여 오는 건 속으로만 부르지 못해서겠지요
당신은 갔는데 누가 슬픔을 슬쩍 놓았을까요
부르르 떨리는 손금, 입술마저 한스런 세상 말을 엮고 있어요
존재 하나로도 눈부신 당신의 냄새 캄캄하네요
당신의 몸에 월세를 들 수도 없고
당신의 몸에 나를 뒤집어 살수도 없네요
칼로 내 옆구리를 찔러 당신을 낳을 수는 없나요
보고픔을 견디는 일은 왜 이렇게 난해한가요
죽은 뒤에도 그리움이 자라면 어떻게 하지요
익숙해지면 헤어지기 쉽다는 말은 믿지 못했나 봐요
당신의 향기가 내 그림자를 흔드네요

내 사랑이여

아직도 너를 못 잊어 복원하는 병에 걸렸다
수행이 이렇게 힘들다면 참지 말고 붙잡았어야 했다
해변에 너를 놓는 것이 호락호락하지 않음을 알았다
추억을 묻는다고 다른 영혼이 되는 것은 아니었다
눈물이 먼저 알아챈다는 것을 예전에 몰랐을 뿐이다
너를 잊지 못해 해안 절벽에 서 있다
내 심장은 너의 가슴에 묻어두고 왔다
도망치지도 못하고 파도에 묻힌 소식을 찾는다
재처럼 사라진다는 것은 쉬운 일이 아니다
후회하는 법을 배우는 데 아주 오래 아프다
소중한 것을 너무 빨리 내려놓았다
바다를 밀어놓고 너를 세워둘 수는 없을까
물러난 바다는 나보다 먼저 다시 몰려오겠지만
생을 관통한 뜨거운 사랑의 칼날은 고통 이었다
아니다, 신의 선물을 노래 만들어 너무 빠르게 사용했을 뿐이다
사랑이 나를 어떻게 삼키는지 보고 말 것이다
새의 발자국 같은 사랑 파도에 씻긴다.

석양에 기대여

바다를 자주 찾는다는 것은 띄워 보낼 것이 많음이리라
바위틈에 갇힌 사랑 파도가 데려가지 못하고 제 홀로 출렁인다
냉정한 햇살이 바다 너머 사라진다
아무것도 얻지 못해도 떠나보내고 싶은 것은 없었다
태양이 다시 솟듯 사랑을 기다리는지 몰라
명심해야 할 것들을 가득 안고 사랑을 다시 해보고 싶다
바다는 기록 같은 것이 없다, 그냥 또 하면 된다는데
핑곗거리 만드는 사랑이 미덕인 줄 찾는다
이루어질 수 없는 사랑
그리워할 수 없어서 일몰의 파도처럼 울고 있다
다행인 것은 바다보다는 눈물이 적을 것이다
옛사랑이 피를 토하는지 하늘이 붉게 변하고 있다
슬픔은 해풍을 맞으며 자라는 것이 분명하다
손금이 없어질 때까지 바위에 사랑을 새겨야 했다
잊어버릴 재주도 없으면서 사랑을 시작했었다니
그리워할 영혼이 얼마나 남았는지 석양 향해 재어본다

당신의 눈빛

활엽수도 가을 지나면 드러나는 사연 있다
계절 가고 또 가도 당신은 슬프게도 그림자마저 없다
감추지 못하는 산이 더 진솔하다 말해야 하는
봄이 오면 떨어진 도토리들도 사연 만들 텐데
당신은 무심한 것이 산꼭대기 바위 같다
나를 절벽으로 밀어놓고 애절한 눈빛은 아직도 이해 못 해
사랑은 죽고 당신 눈빛만 어른거린다
절벽에서 떨어질 때 날개를 얻었는지 기억나지 않는다
사랑이 위태로웠지만 따뜻했다고 생각했다
떨어지면 다시 돌아오지 못함을 몰랐다
낙하하는 것들은 어떤 것과 몸을 섞지 않는다는 것도 몰랐다
당신이 사라져도 좋다 슬퍼지도록 망각이 먼저 와야 한다
눈먼 사랑의 대가가 억울해서 눈물겹다
낙하할 때 절벽 균열 사이로 당신이 다시 손을 내밀 줄 알았다
나는 쓸려서 다시 올수 없게 만들었다
눈물이 권력인 양 먹는다, 사랑을 삼킨다

이렇게 살아야지

마음 졸이며 살았으니 부풀며 살날만 있겠지
인생도 총량 법칙이 있으려니 웃을 날만 남았겠지
사랑의 아픔이 지났으니 기쁜 날만 오겠지
시간에 지고 살았으니 세월을 멋지게 수놓는 날만 주어지겠지
탐욕스런 손으로 살았으니 탐스런 손으로 살겠지
남을 위해 힘쓰고 살았으니 나를 위해 더 힘쓰고 살아야지
내 몸이 더 묽어져 소진돼 가기 전에 방전시키지 말고 살아야지
비누의 거품처럼 살았으니 기포처럼 솟구쳐서 살아야지
영혼을 닫고 부산스럽게 살았으니 나의 꿈으로 살아야지
못다 한 사랑 아쉬워하며 살았으니 후회 없는 사랑 하며 살아야지
휴일만 반겼는데 매일이 내게 주어진 최고의 날이라며 살아야지
알 수 없는 것 간질거려 참지 못했는데 당최 궁금치 않도록 살아야지
그래 그래야지 붙박이어 이렇게 살아야지

당신 없는 봄

가지마다 꽃이 핀다 봄이다
수목은 기뻐서 향기를 내는데 나는 혼자서 떨고 있다
당신 없는 봄은 차갑다 아프다
당신 심장 소리가 바람결에 들린다
당신과 함께하지 않는 봄은 아직이다
몸은 얇아가고 말라 간다 봄이 왔다는데
당신의 늪에 빠지기 전까지는 팔만 길어지겠다
당신의 가슴으로 발을 딛건만 인연은 보이지 않는다
포기해야 할 만남을 받아들이지 못하나 보다
사랑할 시간은 계절처럼 가고 있는데
아직도 아파야 할 시간이 부족한 모양이다
가까이 있어도 손을 저을 수 없는 작은 구멍
날개를 가지면 당신을 멀리서나마 볼 수 있을까
마음 흔드는 벌 나비 따라 잃어버린 사랑을 찾는다
따스한 봄날 사랑의 기쁨을 세다가 눈시울만 적신다

잔설

해줄 것이 없으면 그냥 가세요
그와의 사랑처럼 사라져버리세요
산자락에 매달려 있는 눈
함께 있다고 응원할 수 없잖아요
나도 당신처럼 사라지는 것과 연애했나 봐요
한때는 아름다웠겠으나 흙이 될 잔설이네요
더 사랑할 것을 후회는 때늦은 감정이에요
어차피 내 것이 아닌 사랑입니다
한때는 온 산을 뒤덮을 희망 가득 했겠지요
열정의 속성은 사그라지는 것
마음을 매어두지 않고 있는 편이 낫겠지요
다가올 봄을 보며 있을 때 저지르며 살아야 했네요

보고 싶어서 만나지 않는다

그립다 보고 싶다 그래서 만나지 않는다
보면 보고 싶고 가면 가고 싶어서 그쪽으로 걷지 않는다
당신의 음성이 따라오면 들키지 않는 거리에서 바라본다
따라온다면 더는 사랑할 수 없다
먼발치에서 사랑해야만 한다는 천형
견우직녀보다 더한 벌은 이해하기 싫어도 견뎌야 한다
오지 못할 당신을 찾는 날이 가득하다
이별하려고 당신을 찾는 날이 많다는 것은 하늘의 벌 맞다
다행인지 당신은 점이 되어 멀리 가고 있다
당신이 자꾸만 희미해지고 있음을 시간이 말해준다
매일 기다려보니 알겠다 당신을 조금은
당신이 나를 묻는다 해도 나는 날아오를 것이다
마지막은 항상 쉽지 않겠지
죽는 날까지 당신만을 사랑하는 나의 배후가 궁금하다
타협하는 정신은 새가 물어갔나 보다
몸 안에 들어와야 믿는 습관이 생겼다
다 지나갔는데 당신을 향한 동작은 금방 또 한다
끝낼 때라는 것을 알면서 구겨지지 않는 표정으로 산다
그립다 보고 싶다 보고 싶어서 만나지 않는다.

사랑이 지나갔다

어제까지 사랑이 발화하고 있다고 생각했다
언제부터인가 고요 하려 해도 어깨가 흔들린다
들키지 않으려 해도 슬픔이 새어 나오는 모양이다
눈물을 위임하지 않은 까닭이다
사랑처럼 모나지 않은 눈물 한 방울 떨어진다
보고 싶지 않을 때까지 보겠다는 꿈은 사라졌다
미리 슬프다는 감각을 키웠어야 했다
이별이 요지부동의 세상이라면 세상 밖에서 사랑해야 하는데
사랑한다는 익숙했던 말이 생경하게 끝났다
지나가지 않은 것만 말해야 했나 보다
환상에 질식되어 길 없는 길을 간다
다가갈 수 없는 당신이 원한다면 나는 나를 벗어날 수밖에 없다
폭탄이 터지기 전에 더 먼 곳으로 날아갔다
균열이 갈 것을 막아설 용기는 희박했다

그만 중지하자며 중지하기 싫은 사람을 미치게 했다
그로 인해 나는 없어지고 남아있는 나의 일부는 나의 존재를 지배하려 든다

빈손

더운 바람이 불 것을 알았겠지
부서지기 쉬운 살얼음이라 생각했겠지
사랑은 옛날부터 위험했다
아이들이 장난감 놀이가 생각난다
몰래 하는 날들이 지속하기는 힘들다
너를 미행하는 그림을 그렸는데 너는 얼른 닫아 버렸다
이렇게 쉽게 발각되는데 내 사랑을 모를 이유 없다
친구가 되자는 말에 껴안은 내 팔이 헐거워 빠진다
내 꿈을 꺾어 너에게 얹어 주려 했던 것이 빈손 되었다
헤어져야 만날 수 있다는 말 이해하려다 늙는 시간만 더해간다
죽기 전에 노인이 되기 싫었는데 사랑의 탑이 무너졌다
볼 수 있을 때 보겠다는 것은 희망 이었다
사랑을 끄고 희망을 끄고 산다는 것은 가짜 영혼으로 사는 것이다
당신을 부정하다 당신을 기다린다

취미는 전혀 아닌데 좋아하는 일도 아닌데 직업이 되려 한다
완전히 소비하고 쓰레기봉투에 담을 것처럼 다 해보았어야 했다
사랑을 보내고 손을 뻗었다가 빈손 떨군다

당신이 떠난 후

내 입술은 발화점을 잃었다
내 심장은 뜨거움을 잊었다
배신을 모르는 장미꽃 들고 간다
하늘의 구름이 숨소리 죽이고 지나간다
당신과 나는 단단하지 못했던 모양이다
더는 건드리면 부서질까 봐 혼자 간다
불편을 뒤섞기 싫어
슬픔을 부풀리는 소문은 듣고 싶지 않으니까
사랑이 거추장스러운 점이 많았다 생각했을까
다음 생이 있다면 구름 되어 당신을 내려다보고 싶다
해도 구름도 흔들리지 않는다
답 없는 질문은 추억처럼 펄럭인다
야생화도 목숨을 다하여 피는데
변치 말자던 사랑 봄바람에 날려 보냈다
어깃장 난 약속들을 햇살에 말려놓고 싶다
영원히 혼자인 것처럼 석양을 걷는다

사랑 폐업

당신과의 마지막 밤인 줄 몰랐다
당신 손을 잡고 사랑을 속삭이는 것이 끝인 줄 몰랐다
사랑 폐업입니다 공고문도 없이 당신은 닫아버렸다
너무 충격적이어서 몸을 떨며 울 수도 없었다
꽃피는 봄이 소리 없이 사라졌다
지는 석양처럼 잡을 수 없었다
귀를 닫아도 당신 목소리는 들렸다
눈을 감아도 당신이 보였다
증오해야 할 당신인데 파수꾼처럼 충직하게 있어야 했다
어디 가도 안전한 영역이 없음을 알게 되었다
사랑은 포장 가능하고 빌려 쓸 수 있다는 말이 생각났다
나는 아니야 외치며 술을 마셨다
사랑인 줄 알았더니 죄였단 말인가 쓴웃음 지었다
기적 소리 울려 퍼질 때 한을 외쳤다
견딜만할 줄 알았는데 속살이 아팠다
뛰어내리기 좋은 층에서 창문을 열었다

낙화

나는 27층 아파트에서 산다
창문을 열고 베란다로 나간다
베란다는 뛰어내리라고 만들었을 것이다
하찮은 빨래를 말리라고 만들지는 않았을 것이다
사랑에 실패한 새들이 까마득하게 낙하한다
떨어지는 것들은 나와 반대로 유서를 써놓았을까
사랑을 다시 발명할 때까지 기다릴 수 없다
오늘 사랑이라고 듣는다면 새를 흉내 낼 자신 있다
깨어진 사랑 앞에 더는 세고 싶지 않다
내 죽음이 유행조차 될 수 없지만
비행을 배운 새가 부러워진다
중력을 믿지 못하는 어느 날이 더 가까이 올 수 있다
오늘은 유예하고 돌아선다

이름 없는 사랑

송양의 시집

초판 1쇄 발행 2020년 1월 2일

지은이 송양의
펴낸이 송양의
펴낸곳 월파출판

등 록 제2010-000004호
주 소 충남 천안시 서북구 불당25로 8, 302동 2703호
(불당동, 호반써밋플레이스 센터시티)
전 화 010-8768-7109
이메일 sye4473@hanmail.net
공급처 정은출판 ☎ (02)2272-9280

ISBN 979-11-85358-14-7 (03810)

정 가 11,000원